내가 가장 사랑하고픈 그대

내가 가장 사랑하고픈 그대

초판 1쇄   2014년 4월 15일
초판 4쇄   2016년 4월 20일
지은이   용혜원
펴낸이   김영재
펴낸곳   책만드는집

주소   서울 마포구 양화로3길 99 4층 (04022)
전화   3142-1585·6
팩스   336-8908
전자우편   chaekjip@naver.com
출판등록   1994년 1월 13일 제10-927호
ⓒ 용혜원, 2014

ISBN   978-89-7944-471-1 (03810)

이 도서의 국립중앙도서관 출판사도서목록(CIP)은 e-CIP
홈페이지(http://www.nl.go.kr/cip.php)에서 이용하실 수 있습니다.
(CIP제어번호 : CIP2014009982)

내가 가장
사랑하고픈 그대

용혜원 신작시집

책만드는집

사랑은 삶의 주제다.

사랑을 떠나서는 아무것도 이룰 수 없다.

모든 예술은 사랑을 노래한다.

나는 시인이 되어 사랑할 수 있고

사랑할 수 있어 행복하다.

이 지상에 내가 사랑하는 사람이 있어

살아갈 이유가 있고 행복하다.

2014년 봄
용혜원

| 차례 |

시인의 말 · 5

01

들꽃 향기가 퍼질 때 · 13

내 사랑이 너라면 좋겠다 · 14

사랑했던 날들을 기억하며 · 16

내가 어떻게 해야 웃을 것인가 · 18

너무나 사랑하고픈 그대 · 20

외로울 거야 · 22

추억 속에서라도 · 24

외로움 · 27

그대를 만날까 · 28

마음이 고운 사람 · 30

너를 잊지 못하는 것은 · 32

한 편의 시 · 34

나는 행복합니다 · 36

그 사람 참 멋있다 · 37

정분이 잦아드는 날이 올 때까지 · 38

좋은 인상 · 39

한 번쯤은 · 40

자전거 · 43

순수하게 있는 그대로 · 44

빨간 앵두 · 45

02

삼월 · 49

사월 · 50

봄 햇살이 비추면 · 52

여름날의 열정 · 53

가을 오후 · 54

가을 햇살이 익어가면 · 56

겨울 바다 · 58

하얀 눈이 펑펑 내리는 날 · 60

일출 · 63

일몰 · 64

비가 그리운 날은 · 66

밤바다에서 · 68

바위틈에 피어난 꽃 · 70

토끼 · 72

장미 · 73

우리들 가슴에는 희망이라는 불씨가 남아 있다 · 74

뜨거운 커피 · 76

남도 굴비 정식 · 77

아침 이슬 · 79

순창 고추장 · 80

청국장 · 81

03

이별 · 85

삶의 길모퉁이에서 · 86

기다림은 · 88

고민 · 90

홀로 남는다는 것은 · 92

외로움이 가득한 날 · 94

허전함이 가슴으로 번지는 날은 · 96

그리움은 지독한 아픔이다 · 99

헤어진다는 것은 · 100

떠나야만 했을까 1 · 102

떠나야만 했을까 2 · 104

어디로 갈까 · 106

눈물이 난다 1 · 108

눈물이 난다 2 · 110

나이가 들어간다는 것은 · 112

슬픔에 빠져 있을 때 · 115

괴로울 거야 · 116

단순하게 살자 · 118

멀어져 간 만큼 · 120

산다는 것은 1 · 122

산다는 것은 2 · 124

산다는 것은 3 · 126

산다는 것은 4 · 128

04

친구야 왜 이렇게 사냐 · 133

온 가족이 함께하는 구정 명절 · 134

변화 · 136

알 수 없는 혼돈 · 138

고통 · 140

욕심 · 142

속임수 · 144

절망 · 147

누구를 욕하며 살 것인가 · 148

막걸리 한 사발 · 150

노인 · 152

불행이란 팻말 · 154

수수방관 · 156

가난의 그림자 · 158

비참할 때 · 160

변명 · 163

아파트 분리수거 할아버지 · 164

홈리스 · 166

불쌍하고 딱한 인생 · 168

격렬한 다툼 · 170

들꽃 향기가 퍼질 때

들꽃 향기가 퍼질 때
봄바람이 사무친 그리움을 몰고
사방에서 불어온다

빛 고운 색깔로 피어나는
온갖 야생화의 아름다움처럼
마음속 깊이 숨겨놓았던 사랑을
모든 빛깔로 피워내고 싶다

봄비가 메말랐던 대지를 적시면
일제히 새싹이 돋고
봄꽃이 만개하듯이
영혼의 속살까지 터뜨려
사랑을 한껏 피워내고 싶다

꽃들이 피어나면 마음속에 간직했던
그리움 다 잊도록
수줍은 풋내기 연인처럼
사랑으로 마음껏 피어나고 싶다

내 사랑이 너라면 좋겠다

내 사랑이 너라면 좋겠다
너를 보는 순간
내 사랑을 찾았다는 걸 알았다

부드러운 눈빛에 걸려들어
행동 하나
눈빛 하나
말 한 마디가
몸과 마음과 영혼을 움직인다

너를 만나는 순간
사랑을 직감했을 때
손목을 꼭 잡고
사랑을 고백하고 싶고
너무 좋아서 왈칵 울음이 쏟아졌다

너의 목소리와 얼굴과
몸짓 하나하나가
나의 마음과 일치되는 걸 알았다

더 바랄 것도 없이

조촐한 사랑이면 된다
볼이 빨개져 수줍음을 잘 타는
너의 매력이 너무 좋아
엄살마저 귀엽다

당신은 내가 사랑하고 싶은
사람이다

사랑했던 날들을 기억하며

강렬하게 불꽃으로 타올라
지난날의 고통을 말끔히 씻어준
당신을 사랑합니다

누구나 사랑을 찾아
만나고 헤어지지만
심장이 녹는 그리움 속에 만나
사랑했던 날들을 잊을 수 없습니다

내 가슴에 새겨놓은 흔적들이
세월의 강물 따라 흘러가고
나이 들어 기억이 가물가물해
혼절하여도 지워버릴 수 없습니다

당신을 사랑했던 날들이
너무나 찬란하고 행복했습니다

늘 그리움으로 외로웠는데
봄꽃이 한순간에 피어나듯
화창하게 피어나던
순간들을 영영 잊지 못합니다

외로웠기에 좋았고
너무나 행복하기에
사랑했던 날들을 기억할 것입니다

내가 어떻게 해야 웃을 것인가

내가 어떻게 해야 웃을 것인가
너무너무 행복해하며
빙그레 웃는 너를 보고 싶다

눈짓과 잔잔한 웃음이
머문 순간들이 그립다

보고프면 만나서
같이 있으면 마음이 한결 가벼워진다

정다운 속삭임으로 즐거워
내 가슴이 폭삭 타더라도
보듬어 안고 싶다

너의 감흥에 도취하여
웃고 있으면
내 마음을 줄줄이 걸어놓고 싶다

너무나 사랑하고픈 그대

마술에 걸린 듯
혼이 쏙 빠질 만큼 아름다워
너무나 사랑하고픈 그대

각별한 애정이 느껴지고
뜨거운 피가 심장을 요동치고
황홀한 기운에 싸여
한동안 정신없이 바라만 보았다

외로웠던 마음에
크나큰 그리움이
산더미 파도가 되어 밀려온다

내 마음과 온몸을 통째로
불 지르는 강렬한 느낌이
구석구석까지 파고들어
입술이 파르르 떨린다

찰찰 넘치는 사랑으로
즐겁고 편안하게 해주니
가슴 탁 터놓고

자꾸만 사랑하고 싶다

가장 싱그러운 날에
아주 운 좋게 만났으니
마지막 숨결이 멎는 순간에도
너의 이름을 부르고 싶다

외로울 거야

외로울 거야
그리움이 마음을 축내
피가 말갛게 흐르는데
어떻게 홀로 보낼까

홀로 쓸쓸함에
가슴에 구멍이 숭숭 뚫려
바람이 세차게 불어올 텐데
외로울 거야

풀리지 못한 그리움 가득해도
떠날 만큼 떠나고
돌아설 만큼 돌아서서
마음 한 번 꾹 눌러놓았어도
외로울 거야

그리움이 차곡차곡 쌓이는데
등 따뜻하게 기대고 살려면
마음의 물꼬는 트고 살아야지
싸늘하게 냉기를 불어넣으면
어떻게 감당하며 사나

한 치 앞도 알 수 없이
점점이 떠도는 그리움에
숨이 꼴깍 넘어가도록
보고 싶다는 말이 맴도는데
참 많이 외로울 거야

추억 속에서라도

망망한 그리움 만지작거리며
틈틈이 모아두었던
추억을 남겨놓고 싶다

사랑할 시간도 없이
빠르게 흐르는 세월 속에
남아 있는 삶이 안타깝다

차갑고 매서운 눈초리에서
이별을 읽었을 때
다시는 만날 수 없는
고통을 어떻게 씻을까

끊임없이 따라다니는
그리움 앓아 마음 접고
떠나려 해도 눈물 나고
꿈속에도 느닷없이 찾아온다

흔적도 남기지 않도록
이제 버려도 좋을 것 같아
깨끗하게 잊어버리려 했지만

끊지 못할 연줄로 남아 있다

훔쳐 간 내 마음이
그리움으로 꽃피어 나면
추억 속에서라도 만나고 싶어
몸이 달아 바짝 몸살이 난다

외로움

강둑에 서 있으면
그리움이 하늘 한구석에
조각구름 한 장으로 떠 있어도
바라보는 마음이 행복하다

그대를 만날까

가슴이 텅 비어
고독이 틈새를 만들면
그대를 만날까

헤어지고 떠나는 것을 알면서도
이 순간만큼은
한 묶음이 되어 사랑하고 싶은데
너무 멀리 떨어져 있다

같이 있는 동안
가슴이 두근거리는
감정의 흐름이 너무 좋아
남몰래 키워온 정 쏟아놓고 싶다

나 모르는 사이에 놓은
덫에 걸리고 늪에 빠지더라도
가슴속 외로움을 몽땅 퍼내고 싶다

사랑이 심장을 관통하는 날은
꽃망울이 터지듯
광기로 확 터져버리게

단숨에 달려가 뜨겁게 사랑하고 싶다

연민의 바다에 홀로 서서
미련 버리지 못해 가슴 시린 것은
그대를 만날까
기다리는 마음을 감출 수 없다

마음이 고운 사람

마음이 고운 사람을
뜻밖에 만났으니
몸을 던져 사랑하고 싶다

늘 외로움을 껴안고
살아도 고독뿐이었으나
너무 좋아서 후드득 가슴이 뛰고
풋풋한 기쁨을 누릴 수 있다

눈물을 쏟았던 날들은 사라지고
숨 막히도록 좋은 감정에
점점 더 깊이 몰입하고 있다

슬펐던 눈을 웃음으로
괴로웠던 마음을 즐거움으로
바꾸는 데 오래 시간이 걸렸지만
진실한 목소리로 고백하는
사랑을 받아준다면
무진장 행복할 것 같다

시련과 아픔을 견딘 세월

기막힌 고통 끝에 찾아온
기쁘고 기쁜 기쁨이
진하고 강한 행복을
마음 가득하게 선물해준다

너를 잊지 못하는 것은

그리움이 맑게 가라앉도록
너를 잊지 못하는 것은
사랑하기 때문이다

밀려오는 보고픔에
까닭도 알 수 없게
마음 저리고 손끝이 저리다

삭이지 못한 설움에
눈물을 글썽이며 몸서리쳐도
가슴이 텅 비고 마음이 쏠려
그리움이 몰려온다면
어찌 감당할 수 있을까

네 마음에 내 마음 닿으면
사랑이 될 텐데
수많은 이유와 변명으로
핏빛 절규를 만든다

입술을 깨물어 내뱉고 싶은
사랑의 말을 하지 못하는

아픔이 심장을 조인다

너를 잊지 못하는 마음을
어쩌면 좋으냐
아프고 외로워 견딜 수 없어
찾아온 울음을 터뜨리고 말았다

한 편의 시

내 마음속에
시가 흐르는 샘 하나 있어
삶에 감동이 찾아올 때
시어들이 쏟아져 내려
마음에 흐르기 시작하면
한 편의 시가 된다

나는 행복합니다

나는 행복합니다
이 세상에 내가 해야 할 일이 있고
내가 사랑할 사람이 있어서
나는 행복합니다

살면서 살면서
내 마음에 남아 있는 사람이
바로 당신입니다

햇살을 가득 안고 있는
당신을 보면
나도 행복하게 웃을 수 있습니다

하루를 텅 비워놓고
당신을 만나면
마음이 편해집니다

내 마음의 빈터에
당신이 찾아올 때
나는 행복합니다

그 사람 참 멋있다

그 사람

늘 배려하기를 좋아하고
늘 감사하기를 좋아하고
늘 칭찬하기를 좋아하고
피차 가슴 터놓고 살아가는
매력이 넘치는 그 사람 참 멋있다

늘 약속을 잘 지켜주고
늘 부지런히 살아가며
늘 남을 위해 봉사하며
삶을 아름답게 만들어가는
마음이 따뜻한 그 사람 참 멋있다

늘 가족과 행복하게 살고
늘 이웃과 다정하게 지내며
늘 밝은 얼굴에 웃음 짓고
진실한 땀방울 흘릴 줄 알고
배려할 줄 아는 그 사람 참 멋있다

정분이 잦아드는 날이 올 때까지

외로움조차 밀쳐버리고
잊고 싶어도
잊지 못한다

접어두었던 것들 펼쳐놓고
아무런 미련도 없이
돌아서기가 너무나 애처롭다

삶의 마디마디에
맺힌 정 끊을 수 없고
얽힌 정을 풀어놓을 수 없다

뒤돌아보고 되새겨 돌아보면
모든 것이 꿈인 듯
한순간이다

정분이 잦아드는 날이 올 때까지
묵묵히 믿었기에 아픔이 커
흘리지 못한 눈물에 젖는다

늘 끝장에 애틋하게 사랑하고 싶다

좋은 인상

아주 잠깐 마주쳤을 뿐인데
흠잡을 데 없는
순수한 매력이
마음을 온통 흔들어놓았다

한 번쯤은

한 번쯤은
어디론가 도망치듯 훌쩍 떠나
아무도 모르는 곳에서
발칙한 욕망을 마음껏 불사르고 싶다

알몸이 불덩이가 되어
입술을 달구고
온몸을 달구어
서로의 체온을 높여가며
밤새도록 뼛속 깊이 불태울 날을 꿈꾼다

마른 장작에 기름을 부어 불 지른 듯
숨겨놓았던 욕정의 불씨가 타오르도록
껴안고 또 껴안아 가며
거친 숨 몰아쉬며
전율을 느끼도록 마음껏 비명을 지르고 싶다

결국 죽을 목숨 단 하루만이라도
깊이깊이 쌓아만 놓았던
지친 마음과 갈증을
촉촉이 적시고 싶다

숨차도록 으스러지도록 와락 끌어안고
텅 빈 외로움과 욕망을 풀고 또 풀어내어
져버려도 바라보기 좋은 석양 노을처럼
마음껏 불타오르고 싶다

자전거

동그란 두 바퀴 속에
온 세상 어디든
달려가고픈
마음이 간절하다

순수하게 있는 그대로

혼조차 놓아버리도록
기뻐하며 마음껏 풀어놓고 싶다

더하기도 싫고
빼기도 싫다
변명하기도 싫고
발뺌하기도 싫다

순수하게
감정이 원하는 대로
덧붙이거나 색칠하기를 원하지 않는다

꾸밈없이
아무런 거리낌 없이
욕망이 입을 크게 벌리면
살과 살을 비비며 퍼덕거리며
알몸으로 꽃피고 싶다

빨간 앵두

너의 새빨간 입술을
단숨에 입맞춤해
훔쳐내고 싶다

02

삼월

꿈으로 설레고
사랑을 시작하고픈 계절이다

창문을 열어놓고 있으면
누군가 사랑의 편지를
배달해줄 것만 같아
가슴이 마구 뛴다

온 세상 가득한 봄 햇살에
몽롱해지는 마음을 활짝
열어놓고 싶다

초록의 색감이
가득해지는 계절
꽃망울이 자꾸만 터진다

봄꽃이 가득하게 피어나는
꽃길을 걸으면
새끼손가락 걸어 약속하면
푸르게 잘 자라나는
내 사랑도
꽃으로 활짝 피어날 것 같다

사월

들판에 싱그러운
초록의 목소리가 가득하고
하늘은 날아드는 제비와 함께
푸름이 찬란하다

좋은 소식을 가득 담은
바람이 사방에서 불어오고
내일의 꿈을 싹트게 하는
보슬비가 내린다

들꽃이 피어나고
나물 캐는 아낙네가
들판 곳곳에 보인다

어두운 짐을 벗어버리고
몸과 마음이 가벼운
왠지 신 나는 계절이다

땀 흘려 곡식을 심고
열매를 기다리는 기대감으로
눈웃음이 가득한 기쁨을 갖는

아주 행복한 계절이다

산봉우리와 들판 가득히
보리피리 소리가 들린다

봄 햇살이 비추면

봄 햇살이 비추면
새로운 기운이 가득하고
아지랑이가 아롱아롱
꿈 나래 펴듯 피어나고
하늘은 푸름으로 가득하다

지난겨울 찬 바람에
사납게 할퀴이고 짓밟혔어도
봄바람 한번 불고 나면
온 천지가 초록 세상이 된다

비에 대지가 싱그럽게 젖어들면
온 천지에 웃음으로 벙그는
꽃잎들이 참 예쁘게 피어난다

전령이 들판을 지나가면
농부는 모내기를 시작하고
꼬마 아이들이 양지에 앉아
햇살을 가슴에 담는다

여름날의 열정

뜨거운 열기로 화끈하게 달아오르던
여름날의 열정도
먹구름이 몰려들어
한바탕 장대비가 쏟아져 내리면
한풀 꺾인다

태양의 뜨거운 눈빛이
곡식과 과일을 익혀나가며
풍성한 가을을 선물한다

여름날 뜨거운 열정을 쏟아 일하면
가을에 풍성한 삶의 대가를 받는다

무성한 햇살이 쏟아져 내리는
여름날 땀 흘리며 일하고
들이켜는 시원한 얼음냉수 한 사발에
사는 맛을 느낀다

여름은 더워야
여름다운 맛이 나듯
삶에도 열정이 있어야 맛이 난다

가을 오후

햇살 가득한 가을 오후
거리를 걸어보라
원하던 사랑이 찾아올지 모른다

낙엽이 떨어진 거리를 걷다 보면
외로운 사람들이 서로 만나
사랑을 시작할지도 모른다

가을은 누구에게나
단풍에 물들어 버리고 싶은
고독한 계절이기에
누구나 만나고 싶어 한다

가을에는 누구나
사랑을 꿈꾸기에
마음을 열고 찾아 나선다

누군가와 눈빛이 통하면
다가가 말을 걸어라
그동안 애타게 찾던
아주 근사한 사람을 만날지도 모른다

가을 햇살이 익어가면

가을 햇살이 익어가면
한 줌 한 줌 흙덩이마다
열매가 주렁주렁 맺힌다

고독에 지친 쓸쓸한 가을
빨간 고추잠자리는
하늘가를 서성이다 날아간다

한 맺힌 여인의 마음처럼
유혹이 아름답게 단풍 물들듯
나뭇잎들이 뭇시선을 유혹한다

푸른 하늘을 바라보다
외로움이 메마른 신경을 자극하면
밤이면 귀뚜라미 울음소리가
후미진 곳에서 더 크게 번진다

늦은 밤 목에 핏대를 올리며
애간장을 녹이듯
동네 개가 짖어댄다
무척이나 외로운 모양이다

가을이 익어갈수록
외로움이 피처럼 맺히면
누군가는 사랑을 만나고
누군가는 이별의 아픔으로 눈물을 짓는다

겨울 바다

매서운 추위 속에서도
파도가 휘몰아쳐 와
방파제를 깨물었다 놓았다
계속해서 반복하고 있다

거센 파도의 아픈 비명에
시퍼렇게 멍든
바다를 보고 있으면
찬 바람이 매섭게 따귀를 때리고
가슴 시리게 뚫고 지나간다

갈매기들이 낯선 객을
환영이라도 하듯이
끼룩끼룩 소리를 내며
날개를 저으며 날고 있다

눈앞에 보이는 섬은
햇살이 끼어들 수 없는
산비탈에 하얗게 눈이 쌓였다

춥다! 춥다! 외칠수록

추운 선창가에서
항구를 떠나는 배는
시린 손짓 그리워
점점 멀어져 간다

하얀 눈이 펑펑 내리는 날

하얀 눈이 펑펑 내리는 날
다정하게 팔짱을 끼고
한없이 걸었으면 좋겠다

겨울만이 선물할 수 있는
하얀 풍경을 바라보며
가벼운 마음으로 걷고 걸으면
정겨운 마음이 가득해진다

찬 바람이 불고 눈이 날려
추워서 꽁꽁 언 손도
서로 따뜻하게 잡고 걸으면
풋풋한 마음이 춥지가 않다

하얗게 내리는 눈이
모든 것을 덮어주듯
서로의 마음을 덮어주면
정도 그만큼 쌓여간다

거리의 카페에서 커피를 마시며
도란도란 이야기를 나누다

팔짱을 끼고 발맞추어 눈길을 걸으면
오랫동안 추억으로 남을 것이다

일출

어둠이 사라지고
동쪽 하늘이 붉게 타오르며
생명이 떠오른다

해가 떠오르면
가슴이 두근거리고
희망이 가득해
얼굴이 밝게 상기된다

해가 얼굴을 불쑥 내미는
상큼한 아침에는
아주 기분 좋은 일이 생길 것만 같다

하루 동안 햇살 가득하게
찾아온 축복으로
온 세상이 눈부시다

사람들은 분주하고
가쁜 숨결이 가득하지만
조각 꿈을 큰 꿈으로 만들어가며
쉼표 찍어가며 살고 싶다

일몰

석양은 머뭇거리지 않고
한순간에 지고 만다

태양이 지고 나면
어둠 속에 갇히는 것이
너무 외롭고 적막하다

도시는 네온사인의 유혹 속으로
급격하게 빨려들어 가고
골목길에 모여들었던
이야기들마저 귓속말로 바뀐다

이 진한 어둠 속에서
얼마나 많은 사람이
부끄러운 일을 저지를까

이 독한 어둠 속에서
얼마나 많은 사람이
씻지 못할 죄를 지을까

빛나던 날들도

그리움의 눈물로 남고
일몰이 가져다주는
어둠이 두렵다

비가 그리운 날은

비가 그리운 날은
그리움 한 가닥 붙잡고
외로움에 떨다가
창문을 열고 푸른 하늘을 바라본다

비 한줄기 쫙 쏟아져 내리면
가슴이 옥죄이고 답답해
숨쉬기도 힘든 날도
확 풀릴 것만 같다

장대비가 한바탕 쏟아져 내려
마음 구석구석에
찌든 때를 싹 씻어주고
구름이 달아나 버리면
속이 다 시원하다

무덥고 푸석푸석 먼지 나도록
바싹 말라버린 땅과 마음을
촉촉하게 적셔준다

기다렸던 단비가 쏟아져 내려

땅바닥에 부딪쳐 튕기는
빗방울 깨지는 소리를 들으면
마음이 한결 가벼워진다

밤바다에서

모든 것을 잃은 듯이
두렵고 눈물겨워질 때
밤바다를 찾아 카페에 앉아
밀려오는 거칠고 사나운 파도를 바라보며
뜨거운 한 잔의 커피를 마신다

진한 맛이 혀끝에서
혀끝으로 전해진다

커피는 거품이 많아야
신선한 커피이듯이
바다는 파도쳐야 살아 있는 바다다

시시때때로
몰아치는 파도 같은 열정을 풀어내고
쏟아낼 때 살아 있는 느낌을 갖는다

슬픔을 감당할 수 없어
참지 못하고 경련을 일으키며
거칠게 몰아치는 파도를 바라본다

마시는 한 잔의 커피로
질긴 고통에서 잠시 벗어나려는데
목구멍에서 흘러내린 커피가
파도를 치기 시작한다

바위틈에 피어난 꽃

바위틈을 파고들어 와
꽃을 피워내는
놀라운 힘은 어디서 솟아날까

그리움마저 다 터져버려
산다는 것이 외로워질 때
산에 오르면
늘 한곳에 머물러
쓸쓸한 듯한 나무들이 생기를 뿜어낸다

살아가기 위한 몸부림에
고독조차 잃어버리고
피어나는 수많은 풀꽃의
생명력에 탄복을 한다

살아감이 숨 막히고 외로울 때
산에 오르면
고독마저 사치임을 알게 된다

산은 그리움을 만든다
나무들이 산을 아름답게 연출하듯
삶도 멋지게 연출해야 한다

토끼

누구의 말이
얼마나 듣고 싶으면
두 귀를 쫑긋
세우고 있을까

장미

가시가 심장을
얼마나 깊이 찔렀으면
고통스런 상처마다
붉은 꽃잎을
토해내고 있다

우리들 가슴에는 희망이라는 불씨가 남아 있다

아무리 바쁜 일상이라 해도
지나온 고통을 까맣게 잊고
살지는 말아야 한다

잡생각이 가득해
갈등에 빠져 있더라도
괜한 흥분에 열 올라
미워하고, 욕하고, 시기하고
질투하기보다는 이겨내야 한다

얼마나 많은 사람이
가슴 아파하며 살아가고 있는데
혼자만의 행복을 추구하고 산다면
이 얼마나 어리석은 일인가

자신의 내면으로 들어가면
내일을 향하여 뻗어 나가는
착하고 순수한 마음 한 자락 만날 수 있다

순간에 닥치는 고통이 두렵더라도
초조함 속에 불안해하며

떨고만 있을 이유는 없다

우리 가슴에는
어떤 절망도 이겨내는
땀 흘림의 기쁨이 있다는 것을
결코 잊지 말아야 한다

결코 추하게 쓰러지지 않게
자신의 꿈을 이루어갈 수 있는
희망이라는 불씨가 남아 있다

뜨거운 커피

고독이 남긴 발자국에
눈물이 나도록 외로울 때
꺼억꺼억 울어대며
커피 잔을 수저로 저으며
고독마저 풀어 넣는다

따뜻한 정이 듬뿍 담겨 있는
뜨거운 커피를
홀짝홀짝 소리를 내며
바닥이 드러나도록 마시는 것이
인간적이다

사납게 쏘아대는 눈빛이
고집스럽게 들러붙어
가파른 서러움도 함께 마시듯
커피를 마신다

마지막 남은 한 방울을 혀로 핥듯이
깊이 느끼는 맛이란
참으로 감동적이다

남도 굴비 정식

잘생긴 굴비 한 마리를
노릇노릇하게 구워
찬 녹차 물에 밥을 말아
한 점 한 점 놓아 먹으면
입맛을 당기는 굴비와
어우러지는 녹차의 맛
입안 가득하게 느껴지는
천하 일미 남도의 맛이다

아침 이슬

풀잎들도 밤새도록
한 맺히게 슬펐나 보다
이른 아침
풀잎마다 눈물이 맺혀 있다

순창 고추장

섬진강 맑은 물이 정겹게 흘러내리고
산세가 좋은 강천산이 아름다워
살기 좋고 인심 좋은 곳 순창

뜨거운 햇살에 빨갛게 잘 익은 고춧가루와
어머니 손맛과 장인의 손맛이 잘 어우러져
맵고 산뜻하고 맛깔스러운 장맛이
순창 고추장이다

혀끝에서 느껴지는 매운 장맛이
오감을 감동시키고
한국인의 입맛과 살맛을 만들어준다

온갖 음식을 맛깔나게 해주는
고추장, 된장, 청국장이
잘 익어가는 장맛이 살아 있는 곳
사람들의 발길이
끊임없이 찾아오는 순창은
희망과 생기가 넘치는
살기 참 좋은 고장이다

청국장

가난했던 시절
콩을 잘 삶아
며칠 삭혀 만든
청국장이란
한국인의 입맛 나게 해주는
고향의 정이고
엄마의 손맛이다

03

이별

차갑고 매서운 고집으로
떠나버렸다
끝내 만날 수 없다면
남아 있는 정도
먼지처럼 떨어내고 싶다

삶의 길모퉁이에서

삶의 길모퉁이에서
늘 낯설고 외로웠다

잡힐 듯 잡히지 않는
너를 바라보며
한나절 주저앉아 생각해보아도
무엇을 잘못했는지
도통 알 수 없다

봄이라 산봉우리마다
초록 소식이 가득해
그리움이 하늘에 충만하다

꿈의 낱알을 싹을 내어
꽃 피우고 열매 맺고 싶다

근심과 걱정은 풀어낼 줄 알아야
인생을 사는 것이니
그냥 스쳐 지나가는
너의 모습이라도 보고 싶다

삶의 모퉁이에서
너만 돌아온다면
소박하게 살아도 후회는 없다

기다림은

기다림은 고통이다

그리움을 지워줄 글자들을
골라 지우고 싶은데
사랑의 기억을 벗겨내기가
너무나 고통스럽다

떠난다기에 장난으로 여겨
너무 가볍게 본 것이 탈이다
무리 속에 항상 혼자가 되어
지푸라기 끝에 매달린 꼴이 된다

홀로 있으면 쉽게
사방이 어두워지고 답답하고
다른 것들이 매력을 발산해도
흥미를 갖지 못한다

일정한 걸음으로 살다가
너의 소식에 반가워
걸음이 갑자기 빨라진다

다시 만날 기대감이 심장을 눌러
가슴이 콱콱 막힌다
사랑할 때는 행복 속에
불행의 공포도 한순간에 사라진다

내 사랑을 고스란히 되찾아
죽는 그 마지막 순간까지
너를 사랑하고 싶다

고민

실망한 기색을 보았기에
괴로움을 만드는
고민 덩어리를 던져버렸다

시퍼렇게 살아 있는 의지를 꺾고
남아 있는 열정을
소모시켜버리고 싶지 않았다

짐작은 자주 틀리고
주름살 속으로 파고드는
회한 섞인 추억마저
끊임없이 짓밟히고 말았다

사려 깊은 듯 보였지만
은폐된 거짓 탓에 실망하고 말아
잘못 찾은 듯 의구심이 생겼다

아무리 사소하게 보여도
꿰뚫어 보고
끊임없이 부대껴야
살아남을 수 있기에
묵묵히 참고 기다렸다

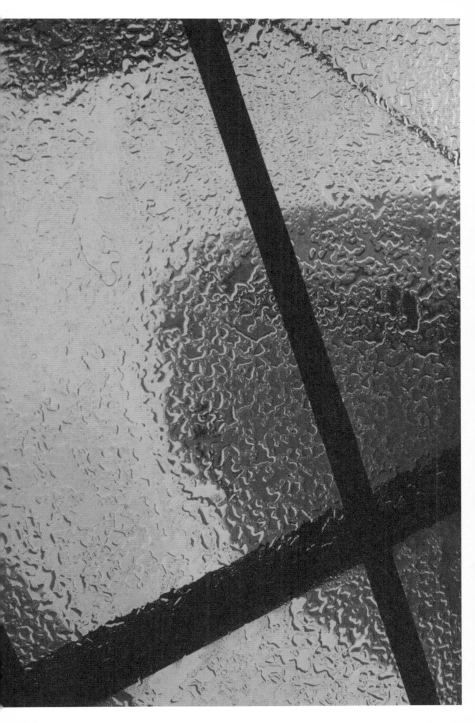

홀로 남는다는 것은

홀로 남는다는 것은
마른 목숨에 불을 켜놓아도
속살 깊이 눈물만 터지는
가슴 아픈 일이다

삼삼히 눈앞에 아른거리고
그리움이 자꾸만
가슴에 고여들어 눈물을 만든다

마주 잡던 손은
아직도 따스함을 기억하고 있는데
날 어두워지면
흔들리는 마음을 잡을 수 없다

가야 할 길을 알 수도 없고
찾아낼 수도 없다

사랑하며 다니던 모든 길
헛발자국만 남았으니
얼마나 가슴 치며 후회할 일인가

차라리 사랑하지 않았더라면
그리움도 없었을 것을
떠나는 길 막지 못함이
까무러치도록 원통한 일 아닌가

외로움이 가득한 날

외로움이 가슴을 쓸어 가는 밤
홀로 남은 허전함에
오돌오돌 떨었다

바람이 거세게 뒤척이는 바다
외로움 가득한 날
뒤척거리다 밤을 지새웠다

멀어져 간 사람이
내 안에 있어
지워버린 흔적이 살아남아
더 외롭게 만든다

간간히 소문에 묻어 들려오는
소식에 흔들리는 마음을
어쩔 수 없어 애가 탄다

한번 떠나면
다시 돌아올 길이 없이
발자국 소리가 멀어져 갔는데
이별이란 깊게 찔린 상처가

고독의 깃을 젖게 만든다

항시 그립다 해도
이별은 가슴이
가장 아픈 순간을 만든다

허전함이 가슴으로 번지는 날은

무엇을 얻고
무엇을 잃고 살아가는지
즐거운 일도 없이
허전함이 가슴으로 번지는 날은

이대로 살다가 끝나고 나면
갈증도 적셔 풀지 못하는
그 서러움을 어찌할까
한바탕 울어도 좋을 텐데

어디로 가야 하는가
가야 할 방향을 잃고
걷잡을 수 없는 바람이 불면
어디론가 헤매고 싶다

뼛골이 쑤시도록
열심히 살아보아도
때로는 지치고 허전함이 몰려와
늘 텅 빈 자리가 남는다

사는 기쁨을 종종 느끼는데

자꾸만 서글픈 생각이 들어
심장이 멎을 것 같다

모질게 죽지 않고 살아남아서
겹겹이 다가오던 절망도 이겨냈는데
왜 이토록 서러울까

쓸쓸한 것은 털어낼 수 없는
외로움 탓인데
어디로 가야 하는지 알고 싶다

그리움은 지독한 아픔이다

그리워 사무침에 소리쳐
불러보아도 허망한 외침은
하늘가에 메아리도 없이
사라져버려 눈시울만 젖는다

오밤중에도 잠 깨어
기다림에 지치고
간절했던 마음 끝내 지울 수 없어
애만 태우고 있다

꺼지고 끊어진 인연이라
그리움의 동아줄을
당겨보아도 돌아오지 않는다

추억의 나뭇가지에 걸어둔
그리움마저 꺾이고
아무리 곱씹어 생각해도
어쩔 수 없이 살아야 한다

누구에게도 말할 수 없는
말 못 할 그리움은
아주 독하고 가슴 시리다

헤어진다는 것은

허겁지겁 내뺀 꼴로
헤어져야 한다는 것은
모질게 가슴 아픈 일이다

아픔과 고통을 모르고 살다가
정작 떠나는 날이 오면
알몸을 고통이 찌른다

다시 못 만날 텐데
못내 아쉬움으로
울어야 하는 삶이
눈물겹고 비통할 뿐이다

수없는 이유와 변명도
핑계로 들릴 뿐
조그만 아픔에도
설움의 목소리가 커진다

사랑할 때
내 마음을 횡단하고 다녀
설렘으로 기다림도 행복했다

떠날 때는
다시는 돌아오지 않을
막연한 기다림으로 절망에 빠진다

웬만하면 눈감아 주지
같이 행복할 때 떠나지 못하도록
사랑을 못 박아놓을 걸
못내 아쉽기만 하다

떠나야만 했을까 1

다지고 다진 정을 어디에 두고
차갑고 몰인정하게 돌아서
떠나가야만 했을까

남몰래 여윈 가슴
아리고 아리다 못해
달랠 수 없게 한이 쌓인다

서로 단짝이 되면
아주 좋았을 것을
한때 부풀었던 마음이
한순간에 허물어지고 말았다

흔적을 지우며
흘러가는 강물처럼
잡힐 듯 잡히지 않는다

아프게 입술을 깨물어도
가슴 뼈마디마다
외로움이 스며든다

떠난 아픔에
할퀴고 깎인 자국 선명한데
잊으려 하면 할수록
심사가 틀리고 상처만 남는다

떠나야만 했을까 2

늘 찾아 헤매던 날이
너무 많았다

흘러가고 달아나는 것들 속에서
절대로 놓치지 않고
붙잡아 놓고 싶었다

차츰차츰 오래도록
정이 새록새록 깊이 들도록
사랑하고 싶었는데
떠나면 행복할까

그리움이 온통 덮어오는데
아련하게 멀리 떠나면
아픔을 어찌 감당하는가

떠나는 것을 운명이라
말하기에는 아쉬움이 너무 많고
그냥 견디기에는
지독하게 잔인하다

사랑하던 세월이 눈앞인데
왜 아프게
떠나야만 했을까

어디로 갈까

어디로 갈까
외로워서 너무 외로워서
무작정 뛰쳐나왔지만
정작 갈 곳도 없다

누군가 부르는 것 같은데
누군가 만나야만 할 것 같은데
가야 할 곳 없는
낯설고 서툰 외로움을 어찌할까

고독한 손으로
가슴을 쓸어안아도
울분에 눈물만 터지고
아무 소용이 없다

이 애타는 슬픈 호소를
누가 받아줄까
왜 쓰라린 슬픔이
내 것이 되어야 하는가
어디로 가야 할까

눈물이 난다 1

삶이 혼돈스럽게 역류할 때
어찌 살 수 있을까
서러워 눈물이 쏟아진다

내 사랑을 따뜻하게 연결해주는
정이 끊어졌을 때
안타까움에 눈물이 난다

눈덩이 속에 가득 차 있는 것이
그리움뿐일 때
쓸쓸함에 눈물이 난다

아무런 잘못도 없는데
생트집 잡아 큰소리로 짖어대고
무작정 달려들면
서러움의 응어리가 단단하게 뭉쳐
모욕당한 느낌에 피눈물이 난다

실수한 것도 미안한데
불같이 화를 내고 성질을 버럭 내면
흥분과 불만이 뒤섞이고

인내심이 바닥나 눈물이 난다

늘 겹쳐지던 얼굴 사라지고
딴 곳을 바라보며
모른 척 떠나갈 때
속상해 눈물이 난다

눈물이 난다 2

보고 싶은 마음 굴뚝같은데
따뜻한 시선이 느껴지지 않을 때
자꾸만 눈물이 난다

뜨거운 피가 혈관을 타고 흘러도
그리움이 가슴 시리도록
고통스럽고 오한에 떨 때
눈물이 주룩주룩 흐른다

붙잡으려 안간힘을 써보아도
떠나는 사랑을
영원히 잊을 수 없을 때
소리 없는 눈물이 난다

아픈 기억 지워버리려고
몸부림을 치면 칠수록
심한 통증으로 눈물을 흘린다

외로움과 결핍감에 시달려
잔뜩 겁먹고 온몸을 움츠릴 때
하염없이 눈물이 펑펑 쏟아진다

외로움을 씹어대면
고독은 더 진하게 몰려오는데
다시 울고 싶지 않아
울고 또 울어
눈물이 마르게 하고 싶다

나이가 들어간다는 것은

세월의 흐름 따라 기약도 없이
툭툭 튕겨 나간 시간들 속에
시름에 새겨지는 것은 주름살이다

늘 복닥거리며 살아
맑았던 눈동자 침침하도록
뼛속까지 애끓던
잘못 저지르던 시절의
고통을 덮어주는 것도 세월이다

그리움 찾아 잠 못 들던
시절도 사라지고
아쉬움만 남지만
무슨 핑계를 대도 아무 소용이 없다

기억을 긁어내려 추억해보아도
눈물겨웠던 날들도 떠나가고
질기게 엉키던 뿌리도
풀릴 시간이 왔다

바라고 원하고 이루어진 것들마저

손끝을 떠나고 홀로 남는
외로움은 깊이를 더하는데
남은 삶의 세월이
얼마나 눈물겨운 이야기인가

슬픔에 빠져 있을 때

마음 한구석에
슬픔이 고여 있을 때
아픔에 빠져
괴로워하지 않는다

두려움을 피하면 피할수록
두려울 뿐이기에
절망과 아픔 속에서도
고통의 굴레에서 벗어난다

등 돌리고 떠나가 버려
뼈저린 아픔이 가혹하게 깎아 내릴지라도
목숨을 다하여 지켜나간다

원하지 않던 장애물을 뛰어넘어
슬픔이 찾아오더라도
고통이 삼키려 할지라도
기뻐서 펄쩍펄쩍 뛸 날을 만들어간다

괴로울 거야

슬픔과 고통이
희망을 뿌리째 뽑고
끔찍한 절망이 달달 볶아대면
정말 괴로울 거야

잡다한 생각이 가득하고
실망의 먹구름이 몰려와
갈증에 목마름만 더하고
공허함에 온몸이 싸늘하게 식으면
절망스러워 얼마나 힘들까

혼란과 좌절에 휩싸여
몸을 가누지 못해 비틀거리고
쓸데없이 시간만 축내고 있는데
무언의 압력이 고통스럽다

잡음과 놀림 속에 몹시 흔들리고
어둡고 끔찍한 일들만 생겨나
질펀하게 젖은 눈으로
아픔을 씻는다

단 하루도 안 되는 길을
갈 수도 없고 처절한 아픔이 몰려와
앙상한 가슴이 퍼렇게 멍들면
시원하게 터뜨리지 못해
더 많이 괴로울 거야

단순하게 살자

온갖 속임수로
얻은 것들이 무슨 가치가 있는가
온갖 눈가림으로
소유한 것들이 무슨 행복인가

늘어나면 날수록
주변의 비명 소리는 커지고
아무리 기를 쓰고 살펴보아도
수척해지고 말 텐데
복잡한 인생이 뭐 그리도 좋은가

이름 없는 들풀일지라도
계절이 돌아오면
한 번은 꽃 피우며 살아가는데

단순하게 살자
늘 꿈틀거리는
욕망의 끝도 한이 없고
늘 키가 자라는
욕심의 끝도 한이 없다

멀어져 간 만큼

떠나버려 멀어져 간 만큼
그리움도 멀어지고
시야에서 멀어져 간 만큼
사랑도 멀어져 갔다

손길이 닿는 곳에
눈길이 닿는 곳에
언제나 있기를 원했는데
끝내 떠나버렸다

도무지 흥미를 잃고
떠돌이 삶이 되었는데
소식조차 끊기고
모든 것이 기억 속에서
행방불명되었다

한눈팔고 지난 세월
질겁하여 들킬까 도망치고 말았다

까맣게 잠잠하게 잊어보려고
정신을 잃도록 몰두하고

생각한 것이 헛수고였다

세상살이가 넌더리가 나는데
수상쩍은 눈동자로 바라본다
모든 것을 잊어가고 있어도
이별의 아픔은 입술이
마르도록 절실하게 느끼고 있다

산다는 것은 1

산다는 것은
참 고맙고 아주 슬픈 일이다

뜨거운 핏덩이로 태어나
결국에는 싸늘하게 식어가는 몸
울고 쥐고 발버둥 치며
태어나 몇 번 웃다가
많은 사람 울리고 떠나는 삶이다

무언가 누리고
무언가 쥐려고 살다가
수의에 주머니 하나 없어
모두 다 내어주고
아무것도 가지지 못하는 삶이다

만나고 정들어도
결국에는 헤어지고 마는데
한번 떠나면 영영 돌아온 사람
단 한 사람도 없으니
참으로 알다가도 모를 일이다

꿈인가 생시인가
이빨로 깨물며 실감을 해보며
살다 보면 좋은 일도 있어
참 감사하고도
가슴 시리도록 안타까운 일이다

산다는 것은 2

산다는 것은 수수께끼
참으로 알 수 없는 일이다

홀홀히 떠돌다가
결국에는 돌아오지 못할 길을
떠나야 하는데
돌아오지 못할 날들을
붙잡으려고 몸부림칠 이유가 있을까

제 몫을 아무리 챙겨보아도
결국에는 자기 것도 아닌데
왜 욕을 먹어가며 발버둥 칠까

늘 맴돌다 쓰러지고 마는데
고민거리 잔뜩 쌓아놓고
엉킨 마음 풀어야 한다면
풀고 가야 하지 않을까

떠나는 날이 오면
정분도 끊고 떠나야 하는데
사는 날 동안 뜨겁게 불사르며

살아야 하지 않을까

늘 미련과 아쉬움이 남고
그리움도 남지만
모든 것을 떨쳐버리고
뒤돌아볼 수 없게 떠나는 삶
얼마나 눈물겨운 일인가

산다는 것은 3

산다는 것은
그냥 사는 것이 아니다

차마 표현할 수 없는 일도 많고
눈 뜨고 볼 수 없는 일도 많고
귀로 듣기 싫은 일도 많다

오가는 세월에 모두 다
한동안 무언가 이룰 듯 배회하다가
이별하기 위해 온 사람들이다

헛되이 살지 않기 위해서
몸부림을 쳐도
아무도 알아주지 않고
아무리 의미를 부여해도
부질없이 살았나 허무한 일이다

사는 날 동안
사랑 한 번 제대로 못 하고
늘 외딴길을 걸어가면
산다는 의미가 없다

샘솟는 피 뜨거운 피로 바꾸며
움켜잡고 뒤엉켜보아도
결국에 찾아오는 건 죽음뿐
참으로 슬프고 고독한 일이다

산다는 것은 4

산다는 것은 때로는
마음먹기에 달렸다

기적적인 순간들 속에
즐거움을 선사해주는
가장 멋진 명작을 만들자

새로운 호기심에 꿈을 이루며
한계를 뛰어넘어
맛볼 수 없었던 기쁨을 만끽하자

사랑을 서로 공유하고
내면의 소리에 귀를 기울이고
밝고 화사하게 살아가며
상상하고 원했던 삶을 살자

삶의 소중함을 깨닫고
시간의 소중함을 깨닫고
사랑의 소중함을 깨달아
서로 지지대가 되어주자

산다는 것은
날마다 삶의 시간이 줄어드는
시한부이지만 날마다 행복하게
이유 달지 말고 그냥 멋지게
달콤함에 행복할 시간을 만들자

04

친구야 왜 이렇게 사냐

친구야 왜 이렇게 사냐
술 먹고 취하면
한 이야기 또 하고 또 하고
자꾸만 뒤통수 치는 버릇 너도 아느냐

술안주 날름날름 잘도 먹다가
술값 낼 때쯤이면 나자빠지는 네 녀석
그 오랜 세월
어찌 그렇게 변하지 않냐

술 취한 척 정신없는 척
흐느적거려 택시 불러
집에 들여보내면
대문에 들어가자마자
정신 말짱해 마누라 찾는
네 녀석 심보 참으로 고약하다

친구야 왜 이렇게 사냐
우리도 나이가 많이 들었다
왜 이리 답답하게 사냐
이제 고만하자

온 가족이 함께하는 구정 명절

새해가 다시 찾아오면
온 가족이 함께하는 구정 명절에
정든 고향으로 발길을 옮긴다

부모와 가족이 함께 모여
음식을 장만하고
떡국 먹고 세배하는 즐거운 날이다

오랜만에 살붙이 피붙이 서로 만나
한 해 살아온 이야기
새해 소망을 정겹게 이야기꽃 피우면
끝도 없어 이어져 간다

세뱃돈 받아 챙기고 윷놀이 판 벌여
솔솔 재미가 붙고 무르익으면
소리 지르고 박수 치고 웃고
온 집안이 떠나갈 듯 떠들썩해진다

나이 들어 늙어가는
부모님 보면 안쓰럽고
점점 더 성숙해가는 자식 조카 보면

대견스러워 보인다

흘러가는 세월이 안타깝고
만나고 헤어짐이 아쉽지만
명절마다 한가족 만나
한둥지 사랑으로 행복할 수 있다면
올 한 해도 건강하게 복 받으며 살 수 있다

변화

눈치 빠르고 힘센 자들의 틈새 속에서
게으름과 방관에서 벗어나
변화하지 않으면 살아남을 수 없다

모든 것은 시시각각으로
변화를 독촉하고 있다

낡고 시들어가는 사고를
과감히 떨쳐버리고
잠자고 있는 능력을 찾아내어
휘몰아치는 풍랑을 여유롭게 헤쳐 나가자

변화를 두려워하며
실패를 향하여 달려가는 것은
가장 무능한 짓이다

말로만 하지 않고
행동으로 옮기는 것이
새로운 변화의 시작이다

도전 정신을 불러일으키고

고도의 능력을 발휘해
무한한 힘을 창출하고
자신에게 찾아온 기회를 놓치지 말자

알 수 없는 혼돈

절망 속에 갇혀 있을 때
생명의 빛을 가져다주었기에
악몽 같았던 시간들이 만들어놓은
고통도 상처도 다 치유될 수 있었다

아주 짧게 웃어주어도
나날이 슬슬 잘 풀리고 행복했기에
달콤한 사랑이 절묘하게 맞닥뜨렸다

참 모를 일이다
관심과 배려를 아끼지 않았는데
하루아침에 잘못된 것만을 곱씹고
자리를 털고 뒤돌아선다는 것은
알 수 없는 혼돈에 빠지게 한다

대화가 끊기고 어색함이 묻어나고
다정했던 얼굴이 섬뜩하게 변했을 때
화들짝 놀라 농락당한 듯 화가 치밀어 오르고
송곳으로 심장이 찔린 듯한
증오심에 목덜미 힘줄이 생겼다

고통

고통이 심장을 파먹을 때
공허함에 허무해지고
시련이 콕콕 쪼아오고
절망이 삼키려고 달려든다

아프다는 생각에 힘들어지고
살과 피가 메말라갈 때
속이 아리고 뒤틀려
뇌 속을 후벼대면
울분이 터져 폭발할 것 같다

고통이 능선을 타고 오르며
절망의 비탈을 만들 때마다
끙끙 앓다가 심술과 고집의
올무에 걸려들지 말아야 한다

우울함을 걸어놓고
극심한 혼란 속에 망가뜨려
피멍이 보일 때에도
제 설움에 괴로워하고 싶지 않다

피 한 덩어리 토해놓고
속 뒤집어 보여주고 싶어도
애잔한 슬픔마저 함몰하고 말아
뒤돌아볼 시간도 없이
애간장이 녹아내려
아주 무척 쓸쓸하다

욕심

인정머리 없이 살아가면
정신만 혼란스럽고
눈에 보이는 것들이 작아진다

심장을 달달 볶아대면
남을 배려하지 못하고
항상 자신부터 생각하게 된다

엉큼한 생각에 이기심만 가득 쌓이고
남을 가치 없게 여기고
악쓰고 달려들어
갖고 싶은 것을 빼앗아 간다

세상이 끝난 듯이 함부로 비웃고
허점만 보이면 여지없이 파고들어
코웃음 치며 끔찍한 일도 마다하지 않는다

다른 사람의 뼈저린 아픔을 안다면
구름처럼 흘러만 가는 세월인데
눈이 뻘게지도록 괴롭힐 수 있을까

욕심은 욕심을 낳는데
슬픈 종말과 비극을 알지 못할 때
구깃구깃하게 구겨질지라도
떠나지 못하는 어리석음에 빠진다

비극은 욕심에서 시작하고
상처만 남긴다

속임수

사탕발림으로 그럴듯하게 돌려대고
눈알을 살살 굴려대며 눈웃음치며
아무리 깜박 속이려 해도
들통 날 것은 뻔한데
천연덕스럽게 수작 부리려 한다

머릿속을 맴도는 거짓말을
교묘하고 그럴듯하게 포장해보아도
얄팍하게 눈가림만 하기에
거짓은 진실을 뛰어넘지 못한다

모진 목숨 고고하게 살아도 늘 부족한데
온갖 수단 짜내고 발버둥 쳐도
우물쭈물 변명하기에 바빠지고
옹색함만 남아 궁지에 몰릴 뿐이다

거짓을 가려보려고 핏대를 세우고
흥분된 어조로 말을 빙글빙글 돌려대도
비열하고 하찮은 일이 되어
곁길로 가는 것을 보면 안타깝다

쓸데없이 부딪치고 긁혀 다치게 하고
신경 곤두세우고 만사를 모호하게
비틀고 뒤집어놓고 토해놓는다면
가장 추잡한 배역으로 사는 것이다

절망

초주검이 되도록 힘겹게 짓눌러
애처롭게 비명을 지르며
혼절이라도 하고 싶다

서로 삐걱거리다가
피곤에 지치고
갈등에 허덕거리다
생기마저 잃어버렸다

기가 막혀
마주치기가 싫고
힘을 잃어버려
어리둥절해 헷갈리고 말았다

안달복달 떨고 법석대고
난리를 쳐보아도
쉴 틈도 없이 달라붙는 것은
걱정거리뿐이다

곪아 터진 상처는
지울 수 없고 피할 수 없도록
치료되지 않았다

누구를 욕하며 살 것인가

오장육부에 열불이 나고
화가 머리끝까지 치솟아 오를 때
누구를 욕하며
누구를 원망할 것인가
모두 다 똑같은 인생인 것을

똑같은 생각을 하고
똑같은 행동을 하고 있었던 것을

누구에게 손가락질을 하고
누구를 비난하기보다
양심의 거울 앞에
내가 먼저 서 있어야 한다

언제나 내가 먼저
자신의 삶을 돌아보아야 한다

누가 누구에게 먼저
돌을 던질 것인가
자신에게 먼저 던져야 하지 않을까

서로 모든 것을 다 감싸 안으며
부둥켜안아도 좋을
행복한 사이가 되어야 한다

막걸리 한 사발

하루해가 어정어정
뒷걸음치며 달아나는 저녁이면
양조장으로 막걸리 심부름을
보내시던 아버지

걸쭉한 막걸리 한 사발은
아버지의 한숨과
가슴앓이를 풀어주는 묘약이었다

늘 삶의 난간에서 힘들게 살며
힘들고 지친 날에는
한 사발 쭉 들이켜며 허허로운
웃음을 웃으면
어둡기만 한 세상도 같이 웃었다

술기운에 웃으면
보드랍고 따뜻한 웃음으로
바라보시며
"잘 살아야 한다!"고 말하시는 아버지

막걸리는

가슴이 허전하고
마른 뼈 속까지 고독했던
아흔이 훌쩍 넘으신
아버지의 가장 친한 친구였다

노인

깡마른 몸꼴에 병색이 가득해
목숨이 가지 끝에
매달려 흔들리는 듯
온몸이 삭아 내릴 것 같다

흘러간 세월의 흔적이
한숨으로 얼룩져
시름에 주름이 가득하다

어떤 것이 하고 싶으냐 물었더니
아무것도 바랄 것도
하고 싶은 것도
원하는 것도 없다 말하더니

꼭 하고 싶은 말은
자식들 잘되고
손주들 건강하고
건강하게 살다가
잘 죽는 것이라 말했다

늘 바라는 마음이 가득한

부모의 마음에
자식은 항상 어린아이 같다

불행이란 팻말

내일을 바라볼 수 있는
시야가 부서져 버렸다

마냥 부풀어 오르던
가슴마저
싸늘하게 식어버렸다

실연을 던져놓았을 때
미칠 듯이 울어버렸다

깨어진 거울처럼
볼 수 없도록
떠나버리고 말았다

몰골조차 뭉개버리고
절망이 주는 피로감 탓에
병들어 가로막았다

불행이란 팻말이
가슴에 걸렸을 때
조소와 괴로움만 운집되었다

수수방관

분명히 보아야 할 것은
주의 깊게 관찰하지 않고
모른 척한다는 것은
쉬운 길을 택하려는
유혹에서 시작되는 악한 일이다

저마다 할 일을 갖고 살아가며
끼어들어야 할 때 끼어들고
뒤섞여야 할 때 뒤섞이고
함께해야 할 때 함께해야
사람답게 살아가는 것이다

해야 할 일을 하지 않고
멀찍이 물러서서 모르는 척하고 있으면
사람답게 살아가지 못하는 것이다

저만 잘나고 독특하다는
편견과 고집과 아집으로 살아간다면
결국에는 고립되고 만다

스스로 구덩이를 파고 들어가는 것은

참으로 슬픈 일이다
자신을 꽁꽁 묶어놓는 일이며
생각에 혼란을 일으키고
슬픔을 만들고 저주를 불러내어
파괴를 만들어가는 일이다

가난의 그림자

내 어린 기억들엔
불청객으로 끼어든 가난의 그림자가
배 속 곱창까지 끼어 있었다

늘 끼니 걱정 돈 걱정에 머리를 싸매던
어머니의 눈물 젖은 애절한 목소리와
이사와 이사의 반복 속에
일수 빚 딸라 빚 독촉의 눈빛과 독설 속에
가난의 설움이 슬퍼 몸을 떨며 살아야 했다

큰아들이 집에 올 때면
급전을 꾸러 가는 어머니 뒤를 따라가며
땅 꺼지는 한숨 소리에
세상의 아픔을 알기 시작했다

가난의 절망은 가슴을 앓아도
몸져누워도 소용이 없었다

오랜 세월 서울에서 살았지만
어느 한 곳도 정붙일 그리움도 추억도 없어
아무것도 정으로 와 닿지 않아

한기에 몸을 떨었다

가난의 그림자 짙게 드리운
내 어린 시절을 떠올리면
마음을 아프게 하는 순간들이 다가온다

상처가 가득한 시절을
늘 쫓기는 사냥감처럼 헐떡이던
시절을 잘근잘근 깨물어 버리고
대패질하여 벗겨내고 도망치고만 싶다

비참할 때

모든 것을 들춰내어
하나도 남김없이 발가벗겨 놓고 있다
삶의 틀을 통째로 뽑아내어
절망의 늪에서 빠져나오지
못하도록 만들어놓는다

두 눈을 벌겋게 부릅뜨고 쳐다보면서
그대로 난타당하고 있다
발등의 불을 눈앞에서
빤히 바라보면서도 끌 수가 없다

찰거머리처럼 착 달라붙어
조목조목 뜯어내는 것을 당해낼 수가 없어
피가 마르고 뼛골이 부서져 내린다

제 목소리를 한 번 제대로 내지 못했는데
목은 잠기고 후들거리고
모든 것이 침묵하고
뼈들마저 지탱을 포기한다

생기조차 잃어버려 빛이 바래고

숨겨진 올무와 덫에 걸려들어
갈라지고 토막 나고 으깨지고 있다

절망이 점점 더 토실토실하게 살쪄가고
슬픈 그림자마저 구겨지고
아무것도 할 수 없어 자책하며
망각의 덫에 걸려 피를 흘리고 있다

변명

깜박 잊어버렸다고
미처 깨닫지 못했다고
은근슬쩍 돌려대지 마라
불쾌해서 참을 수 없다

제멋대로 왜곡해버리고
기분과 감정에 따라
완전히 달라지는 꼴을
가만히 앉아 보고만 있을 수 없다

양심을 한쪽으로 치워놓고
알고 있으면서
모른 척하고 잊은 척하며
뻔뻔스럽고 몰인정하다

칼날 같은 논리로 설득하여도
고통이 심장을 찔러 와
소름 끼치도록 싫다

아파트 분리수거 할아버지

퀴퀴한 냄새 나는 쓰레기를
분리수거하는 할아버지는
늘 웃으며 일한다

만나 인사를 나눌 때면
오른손을 번쩍 쳐들고
"안녕하십니까?" 하고
큰 소리로 인사를 한다

아파트 주민들이 쓰다 버린
소화불량 걸린 잡다한
쓰레기들을 정리하고
창고로 나르는 일을 하면서도
늘 웃고 사는 것은 무슨 이유일까

돈 많고 권세가 있어도
늘 찌푸리고 살기 힘들어 하는데
고통이 뼛속 깊이 파고들어도
할 일을 가진 사람은 행복하다

일을 끝내고 자전거를 타고

활짝 웃으며 아파트를 떠나는
주름살이 깊게 팬
할아버지 모습에 자유가 보인다

홈리스

서울역에서 마지막 기차에서 내려
자정이 훌쩍 넘은 시간
지하도를 걸으면
먹다 버린 소주병처럼
갈 곳을 잃은 절망이 곳곳에 쓰러져 있다

밤공기가 차가워 심장도 식는데
어디서 온 사람들일까
언제부터 떠돌기 시작했을까

지하도 맨바닥에
박스를 깔고
온몸을 웅크리고 잠들어 있다

잔뜩 주눅 들어
찌그러져 있는 몰골에
아무런 희망이 없다

가족도 있었을 텐데
가정도 있었을 텐데
왜 이렇게 되었을까

고층 빌딩이 가득한 도시에
떠나지 못하는
사람들이 쓰러져 있다

불쌍하고 딱한 인생

건방 떨지 마라
뭐 그리 대단하다고
똥폼을 잡고 난리냐

설사 복통이 터지면
배 움켜쥐고 뛰는 건
누구나 마찬가지다

남의 것 인정하지 않고
제대로 받아들이지 못하고
저 혼자 잘났다고
온갖 폼 잡아보아야
천 년을 사느냐 만 년을 사느냐

누구나 죽어 파묻히면
벌레가 뜯어 먹고
아니면 불태워 가루로 빻아서
어딘가에 뿌려질 텐데

살면서 살아가면서
인정해주고

배려해주어야
대접을 받는 법이거늘
이치를 모르고 사는
인간이야말로
불쌍하고 딱한 인생이다

격렬한 다툼

구겨진 인생 성질만 살아
어설픈 지레짐작으로
없는 허물도 있는 양
목청껏 욕설을 뱉고 폭삭 깨뜨려
물어뜯고 할퀴고 나면 속 시원한가

꺼덕거리는 재미를 느껴대며
고통 속에 엉키는 핏덩이
확 꼬집어대면 고함쳐도 소용없고
고래고래 소리를 질러도
혀 잘린 말투만 남아 소용없다

갈기갈기 찢어놓고 무슨 소리냐
숨 쉬고 사는 것조차 힘들어
콱콱 숨 막혀와 눈물도 말라 지쳐
차라리 기절이라도 하고 싶다

살다 보면 수많은 곡절에
아픔과 시련도 찾아오지만
칼칼하게 말라붙어 버린
감정에서 무엇이 나오겠는가

혼자 뒹굴다 지쳐버리면
허공에 대롱대롱 매달린 듯
온몸에 한기가 오싹 몰려와
죽고 싶다는 이유를 알았다